OLTRE IL SENTIERO

救援爸爸

〔意〕圭多·斯卡尔多利　著
〔意〕亚历山德罗·桑纳　绘
南博馨　杜颖　译

中国友谊出版公司

图书在版编目（CIP）数据

救援爸爸 ／（意）圭多·斯卡尔多利著 ；（意）亚历山德罗·桑纳绘 ；南博馨，杜颖译. —— 北京 ：中国友谊出版公司，2020.12（2023.3重印）

ISBN 978-7-5057-5043-2

Ⅰ．①救… Ⅱ．①圭… ②亚… ③南… ④杜… Ⅲ．①儿童故事－意大利－现代 Ⅳ．①I546.85

中国版本图书馆CIP数据核字(2020)第219169号

著作权合同登记号 图字：01-2020-6942

World copyright © 2018 DeA Planeta Libri S.r.l., Novara OLTRE IL SENTIERO

本书中文简体版专有出版权经由中华版权代理总公司授予

书名	**救援爸爸**
作者	[意]圭多·斯卡尔多利
绘者	[意]亚历山德罗·桑纳
译者	南博馨　杜颖
出版	中国友谊出版公司
发行	中国友谊出版公司
经销	新华书店
印刷	北京中科印刷有限公司
规格	880×1230毫米　32开 4.25印张　37千字
版次	2021年4月第1版
印次	2023年3月第4次印刷
书号	ISBN 978-7-5057-5043-2
定价	35.00元
地址	北京市朝阳区西坝河南里17号楼
邮编	100028
电话	(010) 64678009

版权所有，翻版必究

如发现印装质量问题，可联系调换

电话　(010) 59799930-601

夜里，他时不时地做着同一个梦，一个让他瑟瑟发抖的梦。

梦里，他在一个漆黑而危险的地方。一个错误的地方。

就他一个人。

深陷绝境，孤立无援。就好像整个已知的宇宙里只剩他一个人。

想到这里，他觉得自己身处一个幽暗、无底的深渊里，越陷越深。

直至醒来。

男人之间的事儿

"都拿了？"

"都拿了。"

爸爸总是说山上危险重重。大山用她的山脊、她的密林和各种生物迷惑你，用她温柔无害的声音和巍峨壮丽的身姿扰乱你，让你以为能够主宰她，将她摆弄于股掌之间……可是，只一瞬间的工夫，大山就

会变成巫婆，发出狞笑，将你拒之门外，碾压你。是

她在主宰你。有时甚至会伤害你，让你遍体鳞伤。

　　"确定都带了？"阿尔贝托的爸爸又问了一遍。

　　于是他一样一样地数起来："绳索、蜡烛、手电筒、

瑞士军刀、水壶、指南针、备用带……"

　　"替换用品也拿了？"

　　"替换的毛衣、袜子，还有一个备用电池。"

　　"夹肉面包呢？"

　　"拿了。"

　　"能量棒呢？"

　　阿尔贝托检查了一下，"在这儿。"说着拿出来

给爸爸看了看。

爸爸终于满意地点点头，"那就出发吧！"

是的，山上的确危险重重。但是如果你没有轻视她，如果你知道怎么面对她，如果你尊重她、爱她，大山也会欢迎你，并对你的辛苦给予回报。

在这个家里，迷恋徒步的人就他们两个，阿尔贝托和他的爸爸——贾科莫。比起高山，妈妈更爱大海。布鲁娜夫人一直都认为，爬山还是太辛苦了。一件又一件的衣服，一里又一里的路程（还总是上坡），一桩又一桩的意外，脚上还会起一个又一个的水泡。而在海边，穿上泳衣，睡在躺椅上：这就行了。

于是，山间徒步这种事，就成了只有父子之间可以谈论的话题，也就是"男人"之间的事，这让阿尔贝托很高兴，仿佛自己不再是一个十一岁的孩子。而且，当他和爸爸单独在一起的时候，他们总是会讲些有趣的事儿——关于工作，关于家庭，关于爸爸在阿尔贝托这个年纪干的事儿，甚至是关于女孩，那些爸爸在跟妈妈结婚以前交往过的女朋友——都是些在家里说不出口的话题。基本上就是朋友之间聊的那些事儿。

在徒步的过程中，他们有时睡在山间小屋里（那是一些用石头和木头搭建的小屋，有的位于山脊两侧，有的是在峪口处；一间屋子可以睡很多人，屋内弥漫着脚臭味，呼噜声此起彼伏），有时也会睡在加拿大式帐篷里，那是阿尔贝托的爸爸小时候去野营时所用的小帐篷（里面只有他们两个人，但是脚臭味照样有，而且还有爸爸的呼噜声，他打起呼噜来就像一只生气的犀牛）。不过，多数时候，他们会从黎明一直走到黄昏，并不过夜。

阿尔贝托的爸爸总是说，永远不要贪图山上的日落，除非你带好了露营的装备，准备在露天过夜。

露营是阿尔贝托喜欢的一个词，它意味着开阔的天地。

不过那个周六他们完全没有在山上过夜的打算。他们原本计划在圣斯特法诺山下走一圈，贾科莫非常熟悉那一片，不过最近有通知警告游人，那里有狼出没。

"不危险吗？"布鲁娜夫人的声音里不无担心。

贾科莫笑了："危险？狼怕人，它们会躲得远远的！根本没什么危险！那儿不太可能见到狼。如果我们运气够好，也许能看到一些狼留下的痕迹。你说呢，阿贝？"

爸爸叫他阿贝，学校的同学也这么叫他。

"真正的狼吗？"阿贝问。

"狼就是狼。可不是童话故事里那些小乖乖！"

贾科莫发动了汽车，阿贝把背包和登山鞋装进后备厢。

"再见。"阿贝看着妈妈，跟她告别。

"过来。"说着，布鲁娜夫人展开了双臂。

阿贝已经过了喜欢在妈妈的臂弯和亲吻中撒娇的年纪，不过那天早上，他还是合上后备厢，走到妈妈身边让她拥抱，虽然他的双臂耷拉在身体两侧，像根木头桩。

"你们小心点儿。"妈妈轻声对他说。

阿贝点点头。

"望远镜！"爸爸从车窗探出身子喊道，"你带望远镜了吗？"

"带了！"阿贝一边回答，一边挣脱了妈妈的怀抱。"再见！"他转身上了车。

太阳刚刚露出地平线，他们的黑色越野车迎着晨曦，逆光而行。

布鲁娜夫人把手放在眼睛上遮挡着阳光。她有一种不好的预感，叹了口气，试图赶走这个念头。她的丈夫是一位徒步高手，阿尔贝托也是个仔细谨慎的孩子。昨天一整夜布鲁娜夫人都在跟头疼作战，刚才的念头或许只是一夜没有睡好的后遗症。现在，这一整天她都要一个人待着了，应该利用这个机会好好休息一下，或许也可以找闺蜜聊聊天。

汽车转过街角的时候，阿贝回头看了一下，想知道妈妈是否还站在小路上。

没在。

其实刚才他也觉得有什么不太对劲，脖子后面好像有一阵冷风掠过。但他跟妈妈一样，也没太在意。

因为实在没有什么值得担心的理由：天气预报说这一天会是晴朗稳定的好天气，爸爸又对圣斯特法诺峰了如指掌。

发动机轰鸣着，汽车开始加速，贾科莫打开了广播。

"我们放松一下。"爸爸微笑着说。

"好呀！"阿贝应声，把头伸出窗外。

2 大山之王

　　他们没有将车停在"十字"山口的停车场里，而是停在了一个树木环绕的小路入口处。

　　"我们可以从这里沿着小溪往上游走，"贾科莫解释道，"那里景色更美。"

　　天空泛着靛蓝色，空气清爽宜人，不似城市里那般密闭闷热。四处弥漫着树脂、树皮和苔藓的味道，森林里的各种气味，阿贝早已学会如何去辨别。

他们换好登山鞋，背上登山包。

爸爸嘱咐道："把背包的带子都系好。"

阿贝便系紧了背包带子。

树林里寂静一片。

贾科莫拿着地图，把提前规划好的路线指给阿贝看，"这是我们今天要去的地方，先往小溪的上游走，然后朝北一直走到马焦雷山下面。在那儿看看风景，然后从另一侧穿越凿壁山口，再往卡兰卡湖走，然后穿过森林下山，一直到22号小径……就是这个，看到了吗？走这条路我们就能回到这里了。这就是我们今天要走的线路，要花六七个小时，海拔落差有七百米。这条线怎么样？你觉得咱俩能走下来吗？"

"能走下来，"阿贝胸有成竹地说道，"我们是大山之王！"

贾科莫笑着伸出手和儿子击掌，"说得好，我们是大山之王。加油，出发咯！"

阿贝知道一个小窍门，一直爬上坡路的时候，步调要保持缓慢均匀，还要少说话，以保持体力。父子俩只有在中途停下来休息、喝水、吃东西的时候，或者在下坡的时候，才聊会儿天。如果附近有动物在，他们便会压低嗓门说话，以免打扰到它们。

阳光穿过树顶的枝叶，照亮了茂密的灌木丛，也照亮了林荫下的清凉之地，溪流在阳光下舒展着身体，欢快的涓涓声陪伴着游人的脚步。为了不踩踏植被，他们沿着狭窄的小路前行，那小路或是紧挨着溪岸，或是出现在河床边的岩石上，有时水花溅出，小路变得湿滑。

他们一路上没有遇到任何人，因为很少有人知道这条线路。

两个小时飞一般过去了。

阿贝有话想和爸爸说，他一边走，一边思索着。其实，他有件事一直都没有勇气去提，不过，山间徒步让他和爸爸之间逐渐建立起了无话不谈的亲密，所以现在似乎到了该倾吐秘密的时候了。

只是他不知道该怎么开口。就这样，一步又一步，时间一分一秒地过去，但阿贝还是不知该如何开口。

接近十二点半的时候，他们停下来休息，吃着随身带的夹肉面包；陪伴着他们的，是淙淙的溪水和鸟儿们的百啭千声。

"漂亮吧？"贾科莫问儿子。

阿贝看看四周，边嚼边回答："漂亮。"

他喜欢大山。并不是因为他喜欢路途的辛劳，正如妈妈所说，登山太累了，他喜欢大山是因为它总是笼罩在一片祥和的氛围下，绿色的植被总能给人带来一片清爽，旅途中还可以不时地邂逅山里的各种动物。

爸爸还给阿贝买过一本小册子，里面介绍了如何通过脚印和排泄物来识别野生动物的踪迹。在之前的徒步旅行中，他曾看到过形状不同、颜色各异的排泄物，但除此之外，他很少能看到其他踪迹。他见过松鼠、雕和猫头鹰，还见过一次狐狸。不论体格还是年龄大小，鹿总是胆小而敏感的，它们只在日落或日出时才出来，想见到它们实在很难。他曾见过一只体格很大的鹿，它有一对巨大的鹿角，但那一刻转瞬即逝：那只鹿一察觉到他们的存在，立刻就奔跑起来，转眼就消失在脚下浓密的灌木丛中。它吓坏了。

现在这里好像有狼，阿贝可一点也不想遇到它们，尽管爸爸说那一点也不危险。

说起狼，阿贝又想到那件总想跟爸爸谈的事情。

他可以先问问爸爸，在他们那个年代，是不是在学校里也发生过一些什么事。

这时，贾科莫的话打断了阿贝的思路，"我在想，以后有机会，我们可以试试铁索攀岩，你觉得呢？"

"什么？"

"铁索攀岩。"

阿贝眼睛一亮，忘记了先前的烦恼。铁索攀岩和登山运动有相似之处，但却不是简单的徒步运动。攀岩者要借助梯子、金属锁链、头盔、安全带和其他装备，爬上一面岩石墙。

"你说真的吗？"

"嗯，你已经十一岁，就快十二岁了，我觉得你可以去攀岩了。"

阿贝觉得自己一下子长大了。他想把这事告诉朋友们，还要装备齐全地挂在悬崖上自拍一张，再把照片给他们看，他们会嫉妒死的。

阿贝问道："什么时候去？"

贾科莫笑着回答："我回头查一下攀岩的相关资料，然后我们再定时间，好吗？正好，就当是提前找点自信，今天我们就在马焦雷山上转转，那儿有一条铁索攀岩的路，一直通到山顶，我们先从下面看看攀岩道的情况。"

"同意！"

而后他们再次出发，不一会儿就来到一个小瀑布附近，给水壶里灌满水后，他们便不再沿着小溪走。转而从一条小路上山，一路树木丛生，几乎看不见道路，随着海拔的变化，路上的植被也从云杉变为低矮的山松。

他们爬上了一个视野较开阔的高台，山风在谷内游荡，掠过高台上的草丛，从这里俯视卡兰卡湖，湖泊就像一个小水坑，因太阳忘记将它晒干而得以幸存。

他们稍做歇息，喝口水，以恢复体力。

贾科莫看了看表，说道："快两点了，咱们把时间掐得真准。"

阿贝端着望远镜查看四周。

爸爸问道："什么都看不到吧？"

"唉，看不到。"他本来是想看羚羊的，但能听到旱獭发出的吹哨般的声音，以及盘旋在天空的一只猛禽发出的特有鸣叫声，他也该知足了。

"那就是马焦雷山，穿过凿壁山口就到了。"贾科莫手指的方向是一个凹形山口，透过山口刚好能看到一块巨大的岩石。

阿贝问爸爸："为什么要叫凿壁？那个山口看着挺平的呀。"

爸爸解释道："从这边看确实是不陡，但在另一边就像过山车一样俯冲而下。"

3
凿壁山口

贾科莫的话没错，凿壁山口一侧是缓坡，另一侧却几乎和地面垂直。

阿贝和爸爸脚下的山体，由于长期受到侵蚀而堆满了碎石，形成一个锥形或扇形的陡峭斜坡。

贾科莫提醒儿子："小心，走错一步可就直接滚下去了。"然后他转身抬头，看着仿佛从云端直冲而下的马焦雷山，用手指着说道："那就是攀岩的铁索道。"

钢索上的阶梯在阳光下闪闪发光，阿贝认出了岩道，想象自己像个真正的登山运动员那样，勇攀岩道，矗立山巅，与苍鹰比高。

他曾在健身房做过攀岩运动，但这可是两码事儿。总有一天，他会攀爬真正的山峰，没准儿还是一个人爬，就像电视里那些著名攀登运动员一样，孤身挑战极限。但是，他却不想做职业运动员，登山运动应该会成为他的爱好，一种充满激情的爱好。这一想法，和他爸爸年轻时如出一辙。

阿贝问道："你有没有爬上过马焦雷山的顶峰？"

　　贾科莫回答道："我征服过其他山峰，但这一座还没有。"

　　"那你遇到过危险吗？比如差点摔下去，或别的什么类似的事？"

　　"我运气好，没遇到危险。当然每个人都会遇到困难，我也不例外。不过真正危险的情况，我从没遇到过。尽管山里总有一些难以预料、千奇百怪的事情发生，但危险还是可以避免的。记住，即使是在最极端危险的情况下，也要保持冷静，调整好心态，然后尽可能地借助有利条件，动动脑筋去解决问题。"

　　"要是没有有利条件呢？"

"那还是要保持冷静和理智，试着找找其他方法。"

"要是还没办法怎么办？"

"办法总是有的，只是有时候我们看不到。但这取决于我们自己。阿贝，大山不是所有人都能征服的，只有尊重大山的人才能做到。"

阿贝想要融入的圈子有些特别，这个圈子中的人都了解大山，他们无所畏惧，而且无论何时都能知道自己该怎么做。至少和爸爸在一起的时候，他就觉得一切情况尽在掌握之中。

阿贝也想成为爸爸那样的人，这样的话，当学校里发生那件事情的时候，他就能处理好了。冷静下来，找到解决方法。听着简单，但做起来可一点儿也不容易。阿贝觉得现在是时候了，该告诉爸爸那件事了。在这山峦之间，静谧之中，爸爸会告诉他该怎么做，然后一切都会好起来的。

就在他胡思乱想、以为一切尽在掌握时，却还是犯了错误。

他没注意到自己走到了石堆边缘，脚下开始打滑。

爸爸常说，大山险恶。

当他往山下滚时，他似乎又听到了这句话，看到了这句话被刻在云朵之间，阿贝惊呼道："爸爸！"

贾科莫扑向阿贝身后，尽力保持平衡，张开双臂，就像踩在冲浪板或滑板上一样。要是平时这个滑稽的动作准会惹人大笑，但现在可没人会笑。

贾科莫喊道："阿贝！找一个支撑点！想办法减速制动！我马上就来！"

其实不用爸爸说，阿贝正努力用手、膝盖和脚跟来减速。但是坡度太大了，而且他身下的碎石就像抹了油一般在斜坡上滚动。

笨蛋！笨蛋！笨蛋！这两个字在他的脑海中小声回荡。

但这毫无用处，现在最重要的是想办法刹住，让这疯狂的滑坠赶紧停下来。

阿贝腰身发力，终于站了起来，面向山谷，但又跌倒了。

"爸爸！"

"我在这儿！我抓住你了！"阿贝听到爸爸的

声音离他很近，就在他头顶几步远的距离。

滑坠激起了尘土飞扬，灰尘钻进他们的眼睛和喉咙，阿贝开始咳嗽。

他感到爸爸的手在背包上滑过，就快要抓住背包了。

爸爸的手一直在身后努力够他，然而背包却和阿贝一起不停地向山下滚。

阿贝心想："我就要死了，就要以这么蠢的方式死在这座山上了。我还以为自己了解大山呢，我有个这么厉害的爸爸，我还想成为登山运动员呢。谁知道同学们在我的空桌子上放花儿悼念我时，会说什么呢。谁知道那家伙会不会感到内疚，对，就是他，我本来想和爸爸说那家伙的事，他总让我不得消停。"

这时，突然有样东西阻止了阿贝的滑坠：一块大石头，它没有像其他碎石一般滚落。这是一块结实且巨大的石头。

阿贝右侧的肩膀和腰胯撞在石头上。一路翻滚下来，世界终于不再打转了。

而阿贝爸爸一直在俯冲，没法停下来。为了避开这块石头他跳了起来，往前几米后就栽倒消失了，消失得无影无踪。他刚刚还在的，突然一下就再也看不到了。

阿贝浑身僵硬，无法相信自己的眼睛。他只能听到最后还有几块碎石在滚动，就像在海上冲浪的声音一般。

他的爸爸消失在碎石堆尽头的岩石上，他的视线也被灌木和稀疏的草丛挡住了。

他呼喊着："爸爸？你还好吗？"

阿贝站了起来，他的双腿在发颤，身上到处是划痕和瘀青，胳膊上满是伤痕，脸上可能也一样，他全身的皮肤火辣辣的疼。但他现在什么也感觉不到，什么也顾不上，他只能听到自己的心在狂跳。

"爸爸？"阿贝继续呼唤着，小心翼翼地向前迈了几步。

但爸爸踪迹全无。

他怎么能就这样消失了，人间蒸发一般，就像有束来自外太空的光线突然照在爸爸身上将他分解了。

阿贝环顾四周，试图压制住那只瞬间将他撕裂的魔爪。

他的情绪瞬间爆发了，用尽全身最后一点力气歇斯底里地喊道："爸爸！！"

而后他似乎听到一声叹息，非常虚弱、遥远、若有若无的叹息。

阿贝继续向前，石堆再往前是一片低矮的灌木丛，地面有一道裂缝，宽度足以让一个人掉进去……

"爸！——"

他小心翼翼地倚在裂缝的边缘，以免掉下去。

"爸爸，你在里面吗？"这一次，阿贝的声音像是耳语一般低弱。

这是一条深沟，狭窄且深不见底，由冰雪融水侵蚀而成，如果不走到跟前根本看不到这里有条沟。

贾科莫躺在沟底，阿贝算不出来这沟的深度，但肯定是他到不了的地方。

贾科莫一动也不动。

4
裂缝深处

"爸爸！"

阿贝看到爸爸的一只手动了动。手指张开，想要找到什么能抓住的东西，但身边只有尘土和碎石。

然后贾科莫将头抬起一些，"阿贝……"

"爸爸，我在这儿！我在上面！我这就下来！"

阿贝坐在裂缝边沿，双腿悬在空中。他仔细观察着缝隙两边岩石的粗糙程度，试着找到落脚点。他想下去，想去爸爸那里。

"别！别下来。"贾科莫竭尽全力喊道，他还附身趴在地面上。

"为什么？"

话音刚落，只听见一声令人毛骨悚然的哀号，阿贝从未听过爸爸这样痛苦的号叫，他也没想过人居然能发出这样凄惨的声音。

"我想……"贾科莫有气无力地说道，"我骨折了……一条腿断了……也可能是肋骨……你怎么样？……"

阿贝看了看自己赤裸着的胳膊，和短裤下露出来的半截腿。他浑身是血，但不严重。至少他希望不严重。

"就擦破了点皮。"阿贝回答道。

"太好了。"爸爸说道，他长叹一声，再次提醒儿子："别下来。"

"为什么？"

"下来的话，你估计……就再也上不去了。"

"那我该怎么救你？"

贾科莫费了很大力气终于翻了个身，躺在地上看着儿子，缝隙中阿贝的身影，就像逆光拍摄的剪影一般。"我看到你啦！"他试图和儿子开个玩笑，但笑容令他的脸扭曲成了痛苦不堪的鬼脸。

　　阿贝的眼泪几乎要夺眶而出，但他不能哭，爸爸肯定不想看见他掉眼泪。他觉得这一切好像是一场噩梦，一场可怕的噩梦，而他应该很快就会醒来。

　　"听我说，仔细听我说……"

　　"我在听。"阿贝像个听话的士兵一般。他需要指令，他需要知道自己应该怎么做。

　　"手机没信号……"他从膝盖下方的裤兜里拿出手机，"而且也坏了……你现在要做的，是去求救。"

　　"我不会把你一个人留在这儿的……"

　　"你别无选择……"

　　"我有绳子！"阿贝把背包从肩上拿下来。

　　"我把绳子绑在某个地方，然后你顺着爬

上来！"

"我动不了，阿贝，我爬不上去。"

"那我来把你拉上来！"阿贝的眼睛湿了，声音也发颤。他就快哭出来了，但他不能哭，他绝对不能让爸爸看到他哭泣。

"阿贝……阿贝，冷静一下，别犯傻。我八十多公斤呢。你一个人拉不动我的。听好了，你现在只需要做一件事：保持冷静。好吗？"

阿贝没有回答，看着躺在深沟底部的爸爸，那怎么会是他的爸爸呢，就是这个爸爸，几分钟前还引导他在未知的道路上前行。

"阿贝，你在听我说吗？……阿贝？"

"在……"

"你要动动脑筋……不动脑筋思考的话，情况
会对咱们两个都越来越不利……明白吗？"

阿贝点点头。"我必须动动脑筋。"他机械地
重复道。他有点反胃，感觉肚子一阵痉挛，呕吐感迅
速涌上了他的喉咙。他像只小兽一般躬着身，把几个
小时之前吃的夹肉面包一股脑全吐了出来。

"没事儿……这很正常，是过度紧张引起的……
你喝点水就会好受一些。"爸爸安抚道。

阿贝双手颤抖着擦了擦下巴，然后拿出水壶，
瓶子因撞击而有些凹陷。他喝了口水，深深地吸了一
口气。

"怎么样？"贾科莫问道。

"好多了。"阿贝口不应心，他还是感觉很难受，一点儿都没好转。

"好，你得下到山谷里去。别回到车上，要去游客中心，就是树林里的那个……我们之前路过那里……就是刚进山的时候，就在路边，你还记得吗？"贾科莫说话都需要费很大的力气。

"记得，但我不知道要怎么去……"

"我会告诉你怎么走的！你的背包在身边吗？"

"在。"

"好，我摔下来的时候包掉了……你看看周围能不能找到我的包。"

阿贝开始寻找，有明确的事情要做让他立刻感觉好多了，事情好像也不像看起来那么糟糕了。只要按照爸爸说的做就好了。

但是贾科莫的背包不在附近。

"我没找到。"

"没关系……"

阿贝感觉爸爸的嘴唇粘在了一起，可能是口渴了，嘴唇太干。

"我把水壶扔给你。"

"不行！"

爸爸的语气十分强硬，阿贝有些诧异。

"但是爸爸……"

"我说了不行！你拿着瓶子会更有用，遇到小溪的时候……装满水。明白了吗？"

阿贝犹豫了，他双手拿着瓶子向下看。

爸爸重复道："告诉我，你明白了。"

"明白了。"

"我在这里也动不了，不会消耗任何能量……我不需要食物和水……你不用担心我。"

"你冷吗？"

"不冷，我很好。很快……你就会带着人……下来救我。别担心……一切都会好起来的，一定会的……我这里不需要任何东西。我说的话，你记住了吗？"

"嗯……我想我记住了。"

"那就去吧，我在这里等你……难道你以为我还能去哪儿吗？"他想要微笑，结果却只扯出了一副可怕的鬼脸。

"我很快就会回来。"阿贝低声说道，"很快。"

他后退了两步，而后终于转身跑了起来。

5
幽黑的湖水

　　爸爸曾说过，不能奔跑。否则会消耗体力，还会有摔伤的危险。得一步一步走，还要保持清醒、理智和警惕。

　　阿贝便不再奔跑。"好吧，那我走着。"他说道，就好像贾科莫能听到一样。

　　阿贝现在浑身都疼，腿疼，胳膊疼，肩膀疼，脖子疼，甚至连手指和屁股都疼。那滋味儿，就像被人扔进了搅拌机里。不幸中的万幸，阿贝没变成肉酱，四肢还都健在，现在最重要的是，一丝不苟地按照爸爸的嘱咐行事。

爸爸说过，让他下山往湖泊的方向走。在山上一直都能看到湖泊，你不可能找不到。找到湖之后绕行，在它的南边，你会看到小溪的源头，就是我们来时遇到的那条小溪。沿着小溪一直走，进入森林，直到右边出现一条小路。那是 22 号小径，那条路离游客中心很近。游客中心下午六点关门。你有足够的时间抵达那儿。

阿贝先从第一步开始：下山，去湖泊。

卡兰卡湖就在他眼前，一直下山就能到，这倒是不难。

　　一次只执行一个步骤，一次只做一件事，不去想其他事，这就是阿贝的窍门。

　　路上散落着碎石，这些碎石都是从石堆上滚落下来的（就是因为刚才那场滑坠事件，说白了，那跟石堆没什么关系，是阿贝的错，是他的鲁莽和过失造成的）。阿贝一直向前走，身边的草木越发茂盛，脚下的土地也逐渐变得松软。

　　他回头望了望，爸爸此时身处岩石裂缝的底部，独自一人等待着，回到爸爸身边的愿望愈发强烈。阿贝宁可留在那儿，在裂缝边缘和他说说话，陪陪他，而不是留下他一个人，自己去寻求救援。但阿贝要是这么做的话，没人会知道他们的处境，也就没人能帮他们，所以他别无选择。

他再次上路，抵达静谧的湖边时，已是下午三点。

阿贝给自己加油打气，"时间充裕，我能做到的。"

四下的一切声音，都被水流拍打湖岸的声音盖过去了。湖水看起来黑漆漆的，有些恐怖。他抬头仰望，只见天空浮云密布，遮蔽了阳光，漆黑的不是湖水，而是天空。

他拿出指南针辨别方向，一阵摇摆后，指针停了下来。他顺着指针的方向看去，发现了一棵大树，而后阿贝一边绕着湖边走，一边紧盯着大树。

他偶尔能听见一些响动，或者湖水飞溅的声音。

说不定有人正在身后跟着他，也没准儿在湖泊深处，潜藏着一只怪兽或者一条史前时期的鱼。

他为自己的恐惧而感到好笑。

身边什么怪事儿都没有，都是他自己幻想出来的。虽然这么想，但那种情形下，周遭的声响好像越来越大，就像被放大了一样。突然一阵声响，吓得阿贝跳了起来。

这和爸爸还在身边的时候的感觉完全不一样。现在他就像进入了另一个世界，另一个星球，身边的一切都充满了敌意和危险。

那棵树就在湖泊南边，离小溪的源头几步远。

"这个任务完成啦。"听着自己的声音，阿贝

有一种奇妙的感觉，他身边空无一人，但那一刻他觉得自己听见有人在回应他：真棒！

阿贝听从爸爸的建议，给瓶子里装满了清澈的溪水。他拿起瓶子美美地喝了一大口，又把它装满。但就在他要灌水的时候，手里握着的指南针掉进了水里，被湍流卷走了。

"不！"阿贝慌了神。

但他立马想到，要冷静。他知道目的地在哪里，也记得该朝什么方向走。指南针又不是他所必备的。

他躲在那棵大树后面小解，就好像有人能看见他似的。说不定还真有人看到了！但事实上，在这湖的周围，也许在这整片森林中（甚至整座山上），除了他和爸爸以外，一个人都没有。他其实不用躲在树后面小解，光溜溜面向整个世界都没问题。

森林就在不远处等待着阿贝，小溪流入了森林，更确切地说，森林吞没了小溪。阿贝突然觉得，这些茂密遮天的树木好像会连同他也一起吞没。

他拉紧背包带子，鼓起勇气踏入森林。

阿贝沿着小溪的右岸行走，边走边仔细看着灌木丛，他想找到 22 号小径的踪迹。

登山鞋压断了树枝，踩碎了叶子，发出一种出乎意料的干脆的声音。但是，还有别的声音。森林中的一些声响不是阿贝发出来的。沙沙声，噼啪声，有时似乎是跟着他的脚步声。

阿贝不时停下观察，那些声音似乎又都停止了。奇怪的是，从前徒步的时候，他从没发现森林里居然有这么多声音。

光线有些变化，变成了微弱的橘黄色，很难穿过茂密的枝叶为阿贝照明，他已经没办法看清坑洼、树根，还有隐藏在地下的坑洞。

他必须十分小心，不能摔倒，也不能扭伤脚踝，更不能把哪儿摔断了，否则一切都会止步于此。

不知道爸爸正在做什么，会不会疼晕了呢？

还有妈妈，她在家，她都想象不到发生了什么事情。她又怎么会知道呢？

我们要是回到家的话，她会怎么说呢？她可能再也不让我们去徒步了，但也就一段时间，不会一直不让去的。

这件事以后再说吧。现在最重要的是回到妈妈身边，回到家里。

其他的一切都无关紧要。

6

22号小径

将近四点钟。

阿贝已经沿着小溪走了快一个小时，但连一点儿小路的影子都没看到。

也可能是他路上分心了。他一边走，一边想着各种事情，脑袋里装满了奇奇怪怪的想法，在恐惧和当前遭遇的刺激下，这些想法越来越多。

他曾想，如果爸爸去世，母亲会多么痛苦，一切都会改变，他的生活会变成什么样呢？

然后他又想到，要是情况相反，他做到了自己应该做的事情，救援人员成功抵达了，然后爸爸打上石膏，在床上休养一个月，那说不定报纸上会刊登他们的故事，而阿贝自己则会接受电视台的采访。为什么不呢？还是要多往好处想一想。

东拉西扯地想了很多事，他还想到了三年级 D

班的那个家伙，那家伙总是针对他，一刻都不让他安生。当然现在最重要的是救爸爸，那个愚蠢的家伙根本不值一提。但也只有这时候，在他独自在密林中游荡的时候，阿贝才会这么想。而在学校，那家伙就像是天底下最大的麻烦，阿贝为之烦心，有时候甚至会和父母撒谎，说自己肚子疼或哪里不舒服，为的就是不去学校，免得自己羊入狼口。

说起狼，这附近真的有狼吗？

阿贝停下了脚步，凝视着四周的树影。"光线什么时候变成这样的？"他疑惑着，似乎一切都变得更加阴沉了。他抬头看着，茂密的枝叶形成了一个穹顶，将他笼罩其中。透过枝叶的缝隙，他看到了一片乌云密布的天空。

阿贝看了看表：四点二十。

按理来说，应该早就看见 22 号小径了。他左侧的小溪哗哗作响，而右侧，除了灌木、蕨类、苔藓和草丛之外，什么也没有。

他怀疑自己是不是已经走过了那条路。

要真是这样的话，他顺着小溪一直走，会到达停车的地方，那就离游客中心太远了。

周围一阵吱吱嘎嘎的声音响起，阿贝吓了一跳。

他从树枝看到树干，上下打量着，并竖起耳朵仔细听，只见微风拂动着树叶，发出一阵阵声响，除此之外，他什么也没看到，什么也没听到。

"好吧。"他大声说道，"我们来分析一下。要是我继续向前走，而小径其实在我身后，那我就没有时间再折回来了。可要是小径在前面，而我又往回走了，那我就永远都找不到路。"

"所以呢？"脑海里有个声音在问他。

是啊，所以呢？

这里没有爸爸可以给他出主意，他该自己做决定了。

他一边向着小溪的右侧走去，一边前后左右来回地走，想找找看有没有什么标记（通常是在树干或者巨石上，画上数字或者彩色条纹，作为路标），看看高高的草丛里有没有疑似小路的空隙，或者任何能够为他指路的东西。但还是一无所获。

"咱们这样吧，"他仿佛真的在和谁说话一般，"我沿着小溪再试着走走……"阿贝又看了看表。"再走十分钟，要是还没找到路，我就再折回去找找。"

为了确保不会错过小径，他向灌木丛的方向走了几米，打算继续顺着小溪的方向走。

"就走十分钟，"他重复道，"然后我就原路返回。"

阿贝从地上捡起一根干树枝，用来翻动草丛，找出小路的痕迹。然后他努力不去想他做这些事情的本意，而是想象他在自家后面的小树林里，那是他和朋友们常去玩耍的地方。他继续往前走，目光紧盯地面。

阿贝最初的探险就是在家后面的小树林里，他在那里爬上爬下。那儿还有一个小土丘，长满了小草，灌木丛长得奇形怪状，还有很多刺。阿贝、安德烈，

还有卢卡，他们三个一直都是玩伴，他们假装自己是
某支军队的侦察兵，或者是新大陆的发现者。他们在
那片树林之间玩啊闹啊，对一切事物都感到惊喜，他
们还想象每一棵树后边都藏着可怕的危险，有时兴致
一来，就和想象中的敌人战斗，从恶兽的尖牙利爪之
下逃命，或者从流沙中救出自己的伙伴（那是一场大
雨过后形成的小泥坑）。那时多么欢乐啊。他们有一
次还假装自己迷了路，那可是比阿贝的家大不了多少
的小树林啊！

　　而现在，这是真正的森林，广袤、陌生，将阿
贝裹挟其中。这里没有爸爸，也没有卢卡和安德烈，
树后如果突然冒出来什么，那都是实实在在的危险。

阿贝浑身一僵。又是一阵声响，这声音有些与众不同，而且就在他背后。他缓缓地转过头，那一刻，他猜想眼前会不会出现一只可怕的生物，就像恐怖片里的那种，或者是外星人，他们会不会在这座山下找到藏飞船的理想之地了。

但，幸运的是，他身后什么也没有，只有树干、树枝、树叶或其他植物：全部，或者几乎全部，都是绿植。

幻想和担忧在嘲弄着他。

"十分钟到了，"阿贝努力克制着，不让自己破音，"折返！"

7

暗藏的脚步

　　阿贝沿着小溪原路返回，边走边仔细寻找着他之前错过的小路踪迹。

　　他又想撒尿。但这次没藏在树后面，而是就在原地，面对着蕨叶，拉开了裤链。应该是紧张引起的，他一紧张就会不停地想上厕所。至少他妈妈就是这样的，阿贝不愧是妈妈的儿子，他跟妈妈一样容易紧张。

他一路上看到了许多蘑菇（包括毒蝇伞，那种长着白色斑点的红色蘑菇，有剧毒），各类昆虫，一个巨大的蚁丘，奇形怪状的岩石像是从天而降一般直接落到森林当中，他还看到一只黑色的松鼠在树顶上飞快地爬动。但就是没看到什么小路。

阿贝心跳加速。

他看了看手表：四点半。

还有时间，但却越来越少了。

不知道爸爸怎么样了。如果在那个洞里，那个裂缝里有动物的窝怎么办？没准儿有熊……不会的，那一片没有熊。但是那儿有狐狸，还有大家都在谈论的狼。要是爸爸遭到袭击又没办法自卫怎么办？狐狸身上携带狂犬病，那种病很可怕，而且会传染给人类。

阿贝感觉双腿发软，本能地想要回到湖泊，然后爬到碎石坡脚下，回到爸爸那里。这可比找那该死的 22 号小径容易，容易得多。那然后呢，他要怎么做？说实话，阿贝爸爸被野兽袭击的可能性很小，至少和他摆脱三年级 D 班的那个家伙的可能性一样小。另外，如果他真的决定回到爸爸身边，那就没时间再去游客中心了。不行，这主意不好。最好还是继续找路，他还有一个多小时，时间充裕。

22 号小径，22 号小径，22 号小径。

阿贝在脑海里不断重复着，就像小学过圣诞节时候，他为了给爸爸妈妈准备礼物，而学习一首歌或者一首诗那样。但尽管这样不停念叨着，小径还是没有任何踪影。

　　而且阿贝突然发现，在寻找那条烦人的幽灵之路的过程中，他犯了个错误，这可能不是第一个错误，但绝对是最严重的错误：他为了查看四周而转了几个圈。

　　当他停下来时，已经辨别不清方位了。

　　他想要找到小溪，但却因为离小溪太远，而听不到水流声了。森林里到处都一样，所有的树木长得都很相似。他该朝哪个方向走呢？

　　阿贝在口袋里摸索着指南针，然后才想起来自己在给瓶子装水的时候，指南针已经被溪流冲走了。

他心中一片慌乱，以前曾有人在这样的森林里迷路，之后就再也没有走出去！这可不是阿贝家后面的小树林，也不是他和卢卡、安德烈一起假装迷路的游戏。要是真的在一片这么大的森林里迷路，你只能等着几天后被人发现，也可能再也没人能找得到你。

又是一阵响动，就隐藏在那愈加阴暗的树影里。

阿贝听到自己的心脏怦怦作响，好像它要撕裂自己的胸腔，一跃而出。猛烈的心跳声充斥着他的耳朵，使他无法思考。

"冷静，"阿贝告诉自己，"冷静下来，你得想想办法"。

不管朝哪个方向走，都有可能会让他离 22 号小径越来越远，那他就再也找不到路了。溪流声似乎也消失了，他已经没有任何可以参照的地标。一片绿色的世界包裹着他，他的四周都是一样的，同时又都是相反的，矛盾的。整个世界都隐藏着未知。

有什么东西爬到了他的脚下，还有什么从一个树干后迅速跑过。

"谁在那儿？"阿贝喉咙发紧，声音如发丝一般尖细。

然后他从地上捡起一块石头，准备扔过去。

一阵踩踏树叶的声音，飞速而轻盈。

阿贝把石头扔了出去，石头砸在一棵树上，发出沉闷的声音。

脚步声停了下来。

"害怕了吧？"阿贝一脸嘲讽地大喊，"下一次可就砸中你了，不想被砸就赶紧滚开！"

他也不知道自己在砸什么，但面对未知危险他还有能力自卫，这让他感觉能稍微好一些。

"怎么样？"说话间，他捡起两块大石头，"你还想挨打吗？"

只听见一阵细碎的脚步声，这一次是在阿贝身后。

一个令人不寒而栗的想法在他脑海中闪现，就像决堤的大坝一般。是狼群？

狼总是结伴而行，集体出击捕食，而且它们聚在一起能做出十分可怕的事情。

他循声辨位，将石头扔进了一片阴影之中。

"你们走开！"他大喊着，"滚！喔！"

他不知道狼会不会被他的喊叫声和石头吓到，但他也没有其他办法。

他捡起几块石头，屏住呼吸，仔细听着其他可疑的声音。

他看到灌木丛中的小树枝在移动，离他只有几步远。

看着很小，不像是狼，阿贝心想。

他举起石头，准备攻击。

枝叶一阵晃动，出现在他面前的，是一只步态笨拙的小刺猬，刺猬从一根树枝上跨过，似乎正好奇地看着阿贝。

阿贝忍不住笑了，"是你啊！可怜的小家伙！我差点就打到你了！"

刺猬转了个身，无所谓地走开了。

阿贝看了看表：四点四十五。他还有些时间。

这场和刺猬的奇遇让他内心平静了。那一刻他感到很自信。他会有办法找到 22 号小径的。毕竟，这又不是亚马孙雨林，也不是热带丛林，也不是阿拉斯加的原始森林。从这里开车回家、去市里，也不过一个半小时。而且这片森林里有护林员在巡逻，还经常有游客和采蘑菇的人。

他总会想到这样或那样的法子，找到游客中心。总会有办法的。

阿贝取下背包，拿出水壶。他的舌头就像一块破抹布一样干涩。

就在拧壶盖的那一刻，他看到了。两只黄色的眼睛，正在一丛蕨叶下凝视着他。

8

黑暗中的一双眼睛

　　就在刚才，阿贝还觉得自己充满了力量和信心，

认为一切都会好起来的，可现在这股心劲儿瞬间消失

了，他陷入了恐慌之中。

　　森林变成了一个黑暗的地方，一个他曾跌入的

深渊。就像出现在梦里的那个。

　　那双眼睛死死地盯着他。身体的其余部分都掩

藏在树干和其他植物之下。

阿贝的脑袋开始变得浑浑噩噩，就像被胶水或是稀泥糊住了。但他还是努力拼凑出了一个完整的意识，或者说是一个词，一个可怕的词，它能激起远古时代任何人内心最深的恐惧：狼。

他和一只狼，在黄昏森林的虚无之中。即便再糟糕，一个二十一世纪的男孩也无法想象会遇到这样的事情。阿贝从没想到真的会遇到狼。

他感到自己渺小又无助，就像史前人类面对大型掠食者时的感受一样。

他一动也不动，努力回想着自己看过的书、电影或纪录片，努力在大脑里的某个地方找到面对这种情况时的应对措施。

他依稀记得面对熊的时候，要拍手和尖叫（某个纪录片里是这样讲的），要是面对美洲狮，则需要撑开外套，让自己显得更大、更危险（这是一部美国电影里的画面）。但他却没有想到任何关于狼的应对方法。

他脑海里仅存的几个场景，都是关于狼的样子，和人类被撕碎的画面。其他的什么都想不到。

阿贝移开视线，同时尽量保持身体不动，他试着寻找隐藏在森林中的其他黄色眼睛，那些眼睛背后就是蠢蠢欲动的猎食者。

好在似乎没有其他眼睛了，但这也给不了他多大的安慰。

他的眼睛看向一边。

身体依旧保持不动。

树枝，他需要一根树枝。

他想，如果狼发动进攻，他可以把树枝插进它的咽喉中。狼下颚强大的咬合力可能会直接把树枝咬碎，但是他也没有别的办法了。

他看见左边几步远的地方有一根树枝。他缓缓地放低身子，速度极慢，同时一只手伸向地面，但他的眼睛还是紧紧地盯着那只狼，希望它不会恰好在这个时候发动攻击。

阿贝觉得自己和结实的树枝之间建立了一种联

系，这使他略感安心。那根木头，或许，可以救他的命；那是生与死的区别，是被撕咬与战斗之间的区别。爸爸总是说，如果有狼的话，也是狼怕人，就算是在传说中，类似现在这种情况下遇到人类，狼会转身逃走。如果爸爸说的是真的，那为什么那双眼睛还一直在盯着他看。为什么不害怕地逃走呢？

也可能它确实害怕了。可能那只狼被吓到了，它只想把自己藏起来，不被那个人、那个他所惧怕的男孩发现。那只狼只希望躲在自己的藏身之地，不被人发现。

或许吧。

那要是爸爸说的不对呢？要是他偏偏这一次就

错了呢？那该怎么办？用一只被咬碎的胳膊或者一条断腿来谴责爸爸吗？不，他承受不起那样的风险。

好吧，阿贝告诉自己，要是有勇气就上吧，进攻，只管前进吧。他双手紧握木棍，将其举在身前。

"来吧。"他小声说，"我会把它刺入长满獠牙的血盆大口中去。"

然后他听见一种奇怪的叫声，不是狼的声音。

不是沉闷的号叫声，不是嘶哑的嗷呜声，也不是狼牙相互碰撞的声音。这些都不是。

更多的是一种……呼——呜——喔。

呼——呜——喔？黄色的眼睛跑到上面去了，好像在树干上。

阿贝不明白了，狼怎么还上树了？

呼——呜——喔，它又叫了一声。

现在那双狼眼在水平移动，就好像那狼掉在半空中一样。

最后那双眼睛移动到了一个光线较好的地方，即将睡去的太阳在那里洒下柔暖的光芒。

阿贝放声大笑，那笑声自由、欢畅、不羁，他笑个不停，尽情释放着危机时刻带给他的紧张感。

"真傻！"他又惊又喜地大呼道，"一个彻头彻尾的傻瓜！"

呼——呜——喔，猫头鹰叫着。呼—呜—喔。

仿佛她也在笑阿贝。

一声惊雷在森林上空响起，几秒钟后，雨点滴滴答答地落在树叶上。

22 号小径仍然是个谜。

阿贝从背包里取出雨衣穿上。他没有遭受狼群袭击，但是事情进展也并不顺利。爸爸骨折了，一直躺在深坑里等待着他，等着阿贝的救援。但他却一直找不到去往游客中心的那条路。

而且太阳就要落山了。

还下着雨。

现在是五点零八分。

9

辨别方向

在大山里，下雨是家常便饭。

每个经常登山的人都清楚这一点。只要不是新手，登山前都会准备雨衣、备用衣物，以及防滑登山鞋。

阿贝和他爸爸一样，都不是新手。

山上的天气变化速度惊人。时而阳光，时而阴雨。

阿贝和爸爸甚至在七月份见过下雪。不是那种可以用来堆雪人的雪花，而更应该称之为冰粒，总之是比雨滴要大一些。当时他们刚刚离开二千五百米海拔的营地，正准备下山去山谷时，下起了雪。气温骤降，像冬天一样，他们又冷又累。那时，贾科莫像是变魔术似的，从背包里取出两顶羊毛帽子和两副手套，阿贝惊讶于爸爸如何能够预见各种情况，连七月下雪都能知道！

　　而这一次，他没能预料到会发生什么。但这不怪贾科莫，是阿贝的错。从碎石堆上滑下去的是阿贝自己，不是爸爸。他只是想把阿贝拉住，随后便为此付出了代价。他在空中被抛出了四五米远，跌进了深沟中，摔断了几根骨头。现在他能指望的只有自己的儿子，那个因粗心鲁莽而让他深陷困境的儿子，那个找不到 22 号小径的儿子，那个把猫头鹰当成狼的儿子，那个连一个愚蠢的校园小恶霸都应付不了的儿子。

不谈这些，在任何情况下，爬山遇到下雨天都是件麻烦事。首先，你会被雨水打湿；其次，地面会变得泥泞、湿滑，而且会很危险。

"这点雨水可阻止不了我！"阿贝抬头仰视天空，挑衅般看着压迫他的乌云，面无一丝惧色。

他擦了擦脸上的雨水，思考该怎么办。

他自语道，如果溪流是朝南转向，而车停在小溪尽头，那就意味着车子就在南边。这是一个关键点。

游客中心在小溪右侧，也就是西边。这是另一个关键点。

要是我向西，向西南走，那应该就是游客中心的方向，22 号小径也应该在那边，沿着那个方向走我应该迟早会遇到什么东西，或者什么人，可以给我指路，没准儿就能遇到一条小路、一个游人，或者一个护林员呢。

于是他行动了。

阿贝没有指南针，没办法找到小溪，于是他使用了一种徒步旅行者们熟知的方式来确定方位。他靠近一棵大枞树的树干，绕着大树观察树皮。

"找到了！"他说道。

而后他仔细观察着附近的另一棵大树，接着，为了确保万无一失，他又找了第三棵树来判断方位。

"这边是北方！"他心满意足地叫道。

阿贝是在观察苔藓，人们普遍认为，苔藓总是长在朝北的树干上。但是他又想起来爸爸曾对他说过的话。

"苔藓只会在阴暗潮湿的地方生长，有时，树干因为被其他植物遮挡而留出一片阴凉地，或者因为倾斜而能够存留露水，那树干上也会长满苔藓。但这时的苔藓就不一定会面北生长了。"

阿贝又心生疑惑，他开始查看其他大树，但令他失望的是，爸爸说的是真的。在他一开始用来判定方向的大树上，有些苔藓长在了树干的南面，还有些长在了西面或东面。

"除了用指南针以外，只有一个方法可以确认方位。"爸爸的话在阿贝脑海中响起，清晰而有力，仿佛就在他身边一样。"太阳的位置。"

阿贝又看了看天，他的视线穿过树冠，映入眼帘的是一片被染成紫色的天空，就好像一片瘀青。他心想，太阳被云层完全挡住的时候要怎么办呢？他为什么没早想到，在乌云和那场讨厌至极的雨来临之前，他为什么就没想到呢？为什么？

他试着猜测太阳的方向。试图寻找一丝微弱的阳

光和影子，但既没有影子也没有阳光可以帮他。

只有这片树林，越来越幽暗。

而他，还是一个人。

10
更要紧的事

雨水以一种富有节奏的韵律滴落在树叶上。

"我不能停下脚步。"阿贝对自己说道。雨珠汇成一股细流沿着脸颊两侧的帽衫滴落，而后在他的鞋尖上溅开。时间在流逝，我要是不做出决定，就无法找人救爸爸。

他选择向右走，因为他在树干上观察苔藓时，发现其中大部分都指向他身后的方向。所以假设背后是北方的话，他就应该朝右走，再稍微转向左前方。这样定位有些模糊，他不确定自己的判断对不对，但他手里也没有其他牌可以打了。

脚下的土地被雨水浸泡得十分松软，有些地方的泥土几乎是流动的。他必须小心走路，不能跌倒，不能把自己弄伤，否则需要救援的可能就是两个人了。他捡了

根棍子拄着走，想着自己得有东西来防狼（事后想来
这也够蠢的，但在某些情况下，人很容易被自己的
情绪迷惑而变得不理智）。

　　到现在为止，他没遇到过游人或护林员，
小路上一个人也没有。反正阿贝和爸爸这
一整天都没遇到任何人，所以他彻底放
弃了能偶遇什么人的念头。

　　现在比以往任何时候都糟糕，
阿贝只能依靠自己。黑暗，下雨，
迷失方向。

还会发生什么事呢？即使在噩梦中，他也从未想过这种事会落到他头上。在他的印象里，这种事一般只会发生在别人身上，发生在那些不了解大山的人身上，他们总是不做好充分准备就上山，然后就会因为迷路、失足或失踪而登上报纸。

他想这次他和爸爸可能也要上报了。真是不可思议！

"父子俩迷失深山"，说不定还是头版。

"搜救行动毫无结果，二人生命堪忧。"

然后他伤心欲绝的妈妈会接受采访："我的丈夫非常了解这座山，他上山前做好了充分的准备，而且他一向很谨慎。我的儿子阿尔贝托是个好孩子。我真不明白到底发生了什么。"妈妈边说边流泪。

他突然想到三年级 D 班的那个家伙，他会说什么呢。他没准会后悔自己去烦阿贝，说不定也会良心发现，从此再也不欺负人了。

阿贝转念想，谁管他呢，我才不要为他而难过，他就只是个白痴，一个恶霸。

他向自己保证，要是能平安回家（也可能他再也无法回到自己的生活了，这个念头真是疯狂而可怕，但他却开始慢慢地接受这一可能性，而且他似乎也不那么害怕了，这才是最疯狂的），要是能回去，他会勇敢面对，彻底解决这个问题，该来的总会来的。和现在的境遇相比，那还能叫问题吗？那都不是个事儿。总会有更大、更紧要的事情等着他，曾经他觉得那件事就像横亘眼前而无法逾越的高山，现在却变成了轻轻一跃便可以跨过的小土堆。是啊，那个小恶棍，他稍微一跳就跨过去了。嘿！让他见鬼去吧。

他惊讶地发现自己饿了。人们常说，一个人担惊受怕的时候是吃不下东西的。但是他走了很多路，而且一直担惊受怕，也消耗了一些能量。

他在背包里翻出早晨剩下的夹肉面包，往嘴巴里不停地塞了几大口。然后吃了一根能量棒，喝了半瓶水。因为怕之后没水喝，他给水壶里接满了雨水。

他十分仔细地寻找着小路的踪迹，一米又一米地，用棍子翻动着灌木和草丛。

　　他仔细盯着两侧，却没注意到草丛里缠在一起的根系。他被绊了一跤，重重地摔在地上，四肢张开趴在了蕨类植物上。

　　他不由得发出一声哀号，这主要是出于惊吓，而不是疼痛。

　　唉，他想，是不是每次我想着不会发生在自己身上的事，最后都会发生？我刚刚还说过，这地打滑，千万别摔倒了。

　　他站起来，双手和裤子上满是淤泥。他的脚踝有些疼，但也不是没法忍受的那种疼。肯定比爸爸所承受的痛苦要轻。

　　他拄着棍子。

"我能做到的，"他对森林说着，"我必须做到。"

他看了看表，五点四十二分。

情况开始转变成了一种不平等的斗争：一边是他自己，另一边是其余的一切。

"我能做到的。"他又重复了一遍，试着说服自己。

妈妈曾经说过，要是你自己都不相信一件事的话，那就更没人会相信了。这就是他要做的，相信自己，不管会发生什么。

没到终场，就还没有结束——他还听过这么一句话，好像是一个运动员说的，应该是足球运动员。好吧，现在这是他阿贝的比赛了。

"对，"他坚定地说道，"没到终场，就还没有结束！"

11
最后一缕阳光

阿贝又有了新的麻烦，手电筒不亮了。

他把手电放进包里的时候还好好的，应该是从石堆上滚下来的时候摔坏的。

脚下的植物相互缠绕成一团，黑乎乎的让人看不清楚。现在天色也已经暗淡了，能见度只有十步左右。

幸运的是雨停了，小鸟又开始呼朋引伴似的啼鸣起来。

要是阿贝有翅膀就好了，这样他就可以飞到森林上空俯瞰一切，就像看谷歌地图一样。这样他就可以看见游客中心，然后一个俯冲就滑翔到游客中心门前。那可就太轻松啦。但遗憾的是，阿贝没有翅膀，只有一只愈发肿胀的脚踝，一根支撑身体的木棍，无边的寒冷，还有被那双笨重的鞋子踩在脚下的斗志。

阿贝唯一可以做的事，似乎只有控制焦虑的情绪。现在他更冷静了，但也说不清楚是为什么。只是他有些沮丧，有些难过，还有些生气，但是已经没有之前恶心腹痛的感觉了。

他现在要做的，是继续沿着自己选择的道路前行。同时要小心，不能再摔倒了，当然也不能跌进什么坑洞里。希望他选择的是正确的道路吧。

雨停后，阿贝又能听见一些响动了，但他已经不太注意这些声音了。小树枝的断裂声，树叶间的沙沙声，某些植物因干裂而发出的噼啪声，他对这些声音已经习以为常。森林里不再有什么妖怪巨兽，不再有饥饿凶猛的狼群，也没有他要害怕的东西，他唯一要担心的是他自己，还有不断流逝的时间。

尽管有些难以察觉，但阿贝一直在走下坡路（坡度很缓，但海拔却一直在下降），这是个好兆头：游客中心位于小溪下游的方向。虽然一直在下山，但他还是不确定自己选择的方向是否正确。

在傍晚昏暗的光线中，阿贝发现了一个被砍伐后留下的树桩。

周围还有几个树桩。可能前几天有人在这里砍过树。阿贝的脑袋中灵光一闪。

他不指望伐木工人能在这个时候出现，也没坐在这里等他们回来，可能他们要第二天早晨才能回来。这附近估计也不会有小路，因为人们伐木的时候总会选择树木茂盛的地方，而不是在路边。而且，即使附近真的有小路，也不一定是他要找的那条 22 号小径。

不。照进阿贝心里的那一线希望的曙光，那在他经历了有生以来最黑暗的一天之后，让他终于灵光一现的，是他想起了以前在徒步旅行中爸爸教给他的宝贵经验。在绝境中，记忆会是最靠谱的盟友。

阿贝看着周围的几个树桩，径直走向最大的那一个。本来需要手电筒来照明，但手电坏了，他要努力不依靠手电来看清木桩，他将脸尽量贴近木桩的截面，此时夕阳微弱的光线还在森林中时隐时现，随时可能会消散，被黑暗所取代。

他仔细看着大树生长留下的年轮。

"观察树桩上的年轮，"这是贾科莫曾说过的话，"南面的年轮会更宽一些。"

这句话可不是什么山间传闻，而是经验之谈。

通过年轮他判断出南方，以南方为参照点，他判断出了西南方向，并由此得知他之前的选择是正确的，他的方向无误。

他离游客中心越来越近了！

看了看手表：五点五十八。还有两分钟游客中心就要关门了。

他现在有些着急，要是可以的话他想飞奔过去。但是一眼望去，地面泥泞不堪，他找不到落脚的地方。

他告诉自己，最重要的是要抵达游客中心。工作人员不会准时六点钟就离开的，对吧？总是要收拾一下的，要熄灯，还要关门。我可以的。我应该马上就要到了，就差一点点。对，一定可以的。

"爸爸，我就要到了！"他喊道。

他感觉浑身又充满了力量，无比的乐观，开心得要跳起来了。他的脚踝肿得像个橙子，绷得紧紧的，血管一跳一跳，但此时似乎也不那么疼了。

他拄着木棍前进，注意力高度集中，就像在登山一样，现在地面的坡度已经比之前要明显了。

树木开始变得稀疏，照进来的光线也更多了。时间似乎在倒流，此时不是日落，而是日出。实际上，在过去一个小时里笼罩着阿贝的黑暗，是由茂密的树木和遮天的乌云造成的。太阳此时刚刚转到大山后面，傍晚的阳光虽然微弱，但也还是抵达了阿贝所在的山谷之中。

多亏有了阳光，阿贝才能走得更快些。至于脚踝的伤痛，他就咬紧牙关，忍一忍。谁知道爸爸正经受着怎样的痛苦呢。

他走到了一片草丛稀疏的土地上。是一条小路！

阿贝笑了。这应该就是传说中的 22 号小径了吧，也可能不是。但这可能并不那么重要了，因为他快到了，阿贝很清楚这一点，他心中有什么东西苏醒了，并冲他高声呼喊着。那是另一个阿贝，一个幸运的孩子，一个聪明能干的好孩子。

小路蜿蜒曲折，但阿贝没时间了，于是他沿着小路的方向直线前进，只要保证能看见那条小路就好。

然后他听见了一种奇妙的声音，一种他之前每天都会听到的声音，一种他听了成千上万次却未曾留意过的声音。那是一种乏味甚至有时会让人反感的噪音，但那一刻，这声音传进阿贝的耳朵里如同音乐、蜂蜜、爱抚、救赎一般美妙。那是生命之音。

那是引擎的轰鸣声。

12
了不起的孩子

游客中心前的广场沐浴在夕阳的暮色中。没有一盏灯亮着，连停车场里也没有亮灯。这里夜间不营业，自然不需要开灯，灯光只会打扰森林里的动物们。

"停下！"阿贝大喊，"等等！"

他没有看到任何汽车，也不知道自己在跟谁讲话，但他如果不赶紧做些什么，那刚刚听见的引擎声

可就要消失了。而且那很有可能是最后一个离开游客
中心的工作人员。

　　他猛地开始用一只脚（那只没受伤的脚）跳着向
前冲，一直跳到游客中心门前的空地上，他环顾四周。

　　那栋建筑里有问询处和一个小型山林博物馆，
此刻却一片漆黑寂静。木质的双开门紧锁着，窗户上
的百叶窗也闭合了。

　　"嘿！"阿贝用尽全身力气大喊着，"有人吗？"

　　他可以听见引擎声，但却看不到车子在哪里。

汽车的大灯亮了，照亮了游客中心屋后的地方。

阿贝扔了木棍，朝那个方向冲了过去。

"救命！救命！"他不停地喊着。

他转过一个拐角，车灯的光线正好照在他身上，这时发动机像一个受伤的动物，正訇然作响。

一个急刹车，越野车的车轮在广场的砾石上打滑，发出纸张撕碎般的声音。

阿贝紧闭双眼，手臂交叉挡住了自己的脸。

他那一刻脑袋变得清醒了，意识到自己的举动将会带来多么荒唐的结局：他会被他本来要去求助的看林员的车给撞倒！

然而那辆车在距离阿贝不到一拃的地方停下了。

"搞什么鬼？"一个男人从车上下来，大声叫嚷着，"你是疯了吗？"

而后他看到面前的男孩衣服上满是泥污，而且仅凭一条腿支撑着站在那里。他看到了男孩的脸，那张脸上写着他在这漫长的几个小时里所经历的一切，写着所有发生在他身上的事带给他的恐惧。他看到了一双颤抖的手，而让那男孩颤抖的，不仅仅是害怕被一辆巨大的越野车撞倒。他明白了。

"发生什么事了，孩子？"他靠近男孩轻声询问着，"你从哪里来的？"

"我……我爸爸。"阿贝结巴着回答。

他感觉如此不真实，他居然真的成功抵达了游客中心，而且正在和一位林场的工作人员说话。这或许只是一场梦，而他也只是精疲力竭地靠在那个树桩上睡着了。

"你爸爸，他怎么了？"护林员问道，"来，坐下来喘口气。别怕。"

不，他不是在做白日梦，这也不是噩梦。这是真的，一切都要好起来了。

阿贝告诉了护林员贾科莫的位置，以及他们二人当时的处境。

护林员的名字叫弗拉维奥，他一刻也不耽搁，立马通过无线电请求援助，过了不到两个小时，马焦雷山底就被探照灯照得如同白昼一般。一支专业搜救队将贾科莫从那个待了大半天的裂缝中救了出来。

　　他还有意识，但只向搜救人员问了一句话："我的儿子，阿尔贝托，他还好吗？"

　　"他很好。"一名救援人员回答道，"而且他真是个了不起的孩子。"

　　贾科莫笑了，微微喘着气说："我知道，我一直都知道。"

　　两天后，爸爸还躺在病床上休息，他浑身绑着绷带，腿上钉着一根钢钉。而阿贝回到了学校。

　　没有人知道他的冒险经历，也没人知道他孤身一人所做的那些事。报纸上没有他们的报道，他也没

有跟任何人提过这件事，当然除了他的妈妈。

　　尽管没人知道，但似乎每个人都在以一种全新的方式看待阿贝，阿贝喜欢这种方式。也有可能是他看待别人的方式与以往不同了。也许对他而言，如今无论在学校里遇到什么，不管是危险、是难题，还是考了个好成绩之类的小开心，与自己之前的经历比起来，都是微不足道的小事。并不是说这些事情不重要，但至少不是生死攸关的事，无法和之前在森林里的遭遇相比。

　　生死攸关的都是大事，却并非只有大人会遇到。

　　课间休息时，三年级 D 班的那个家伙找上了阿贝。不过，他没了平日里的那般嚣张气焰。当阿贝只是简单地告诉他别烦自己时，他注意到这个小家伙眼中有什么东西和以往不同了。就在几天前，阿贝这个小东西还是低眉顺目的，但现在他从那双眼睛里读到了坚毅、勇气和无畏。当然了，他一拳就能把阿贝放倒在地，但他知道，这无法熄灭阿贝眼中新出现的那份坚毅，正是这份坚毅让阿贝变成了一个全新的人。

　　他想，最好还是别再招惹阿贝，不然自己可能会惹上麻烦。毕竟，他心想，周围还有很多倒霉蛋，欺负谁都一样，不是吗？

出 品 人：许　永
出版统筹：海　云
责任编辑：许宗华
特邀编辑：何青泓
责任校对：苏　璇
封面设计：海　云
版式设计：万　雪
印制总监：蒋　波
发行总监：田峰峥
投稿信箱：cmsdbj@163.com
发　　行：北京创美汇品图书有限公司
发行热线：010-59799930

创美工厂　　　　创美工厂
微信公众平台　　官方微博